雁の世

川田絢音

思潮社

雁の世

川田絢音

燕 9
黒い若葉 13
雁の世 17
窓 21
ベンチで 25
孔だらけ 29
螺旋 33
緑の玉 37
犬が 41

野原　45
白い血　49
夜の広場　53
列車で　57
長い橋　61
ロムの紙　詩の紙　65
窪み　69
秋　73
路上　77

装幀＝思潮社装幀室

雁の世

燕

黒と白の怖い縞が見え
鉄格子のくらやみに
きみが燕になって戻っている

泥で描かれた子供たちの絵は
声もなく待つものもない
剝きだしの眼になって雲は絶えている

川は流れ
戦争の匂いは消えても
もう遊べなかった

幼い胸に毒が刺さって
帰るところではないのに
テレジーンで
眼を伏せてちいさな燕

黒い若葉

傷つけた人傷つけられた人も
リスの身に
恐ろしい塊りに聴こえ
その狂気を跳びくぐり抜けた

パン屋に入ると
小麦の味がして
いま営みの平静があるが

そうしているうちにひとつひとつ心は終る
はげしく　曖昧なまま　遮られて
心は触られたくないのか

白樺の黒い若葉
丁寧に子音をたたむ言語を学ばず
呪力のカッコウが鳴いている

雁の世

喉声で鳴き
光らない眼差しを交わし
人をも聴いている
雁の群れを見ていると
人の姿の視線をそそぐにたえないのが感じられる

穴を穿《うが》ち
黄の影で満たして
タンポポの低い顕れもわたしたちには真似できない

橅《ぶな》は内と外との裂け目を身に刻み
貨車で運ばれ
深い傷でみずからを覆って通っていく

貨車の上で
老いた妻をかばう掌
オシフィエンチムに着くまで

窓

天井の雨漏り
床は下の家の湿気でかびて戸棚も捨てた
人の攻撃に返す声はなく
菩提樹の芽の緻密にひらくのを聴いてしずまろうとするが
もうこの窓を守れない
出て行くばかりだ

軛《くびき》かめぐみ
何ごとでもないのだろう
死の前の目蓋に
菩提樹がまた漏れでて
わたしはこなごなのがらんどう
捨て切れなかったものが
置き去りにされる

ベンチで

どこかに住もうとするとあまりに物質的で
崖も窓も
物の集積として立ちはだかる
尿の臭いがただよい
その男は冬の上衣で暑さも感じない
欠けた眠りのせいで落ち着いて見える

国で逃げて
おじいさんにバンドでぶたれたんだ
ここからだって逃げられるよ　と言う少年
家族で赤い色のスープも何日も飲んでいない
足もとの砂利に瑪瑙がまじっている
わたしの中のものではない静かな粒を拾う

孔だらけ

引越し荷物のようながらくたが並べられ
張りぼてのスフィンクス
灯籠や
重い薔薇
波がぬぐい去るのはまだ先と
オペラの舞台装置は嵌め込まれるのを待って
おぼつかない空気になじみ
空に白い斑《ふ》がひろがる

言うことも答えるのもやめて
はぐれていく
縁がなくなって追いつめられていく
弱められるよりは

丸太の机で
夏の虫がじぶんの道をつくって出てきて
机は孔だらけ
もぐっていて　すこし飛んで
床で黒く死ぬ

螺旋

アンモナイトを容れた敷石が雨に濡れている
動物性のとぐろを巻いたふくらみで
なににもつながっていない

アンモナイトは死んで知覚なく生きている
石に身を沈めてゆっくり磨り減りながら
その螺旋で人の世紀を狼狽《ろうばい》させる

緑の玉

口先の挨拶も耐えられなくなった
人の姿で心を育てるにはもう遅いと
こわばっているとき
やどりぎの緑の玉が宙に掛かり
母の顔を映している
過ぎたることだ

この世を見よとそそがれるものに
心は溶けて眼が覚める
母は夢でいきなり包丁を振り上げられた
隙間もなく草の葉に霜が降《お》り
野鴨の群れの足跡に
霜は研ぎすまされて
いらいらが静まっていくようだ

犬が

犬が先にわたしに気づいている
台所の戸口があいていて
籠に卵がある
坂に惑わされ
撫でさせてくれる山羊のにおいになだめられ
心を圧することばかりではない
内からも胸を狭くかきみだしていた
病棟の灯り
刺青の青い雉

なにも見つけられなかった　と言わないこと
ふざけ散らす村人のなかで
少年の描く雲から
遮断された心の道はひらけないが
危ういものが　ひとかけらずつあらわれ
受けとめ方もわからないまま
何なのかと思っているあいだだけ
存在する

野原

くずれ落ちた石屑のように
羊が俯いて草を食む
したたる噴水のそばで
ぼくは十歳と舌を出した
少年の胸は空洞
雨に叩かれたあの蝶を思えば
年齢は小石を数えるようなものだ

すれちがった女に殴られ
工事の若者に
黄色人種の恥を知れ　とささやかれる
わたしたちの背丈は似て
つながれ　地表に溜って
あっと骨の屑
小鳥が鳴きながら声から溶けていく

白い血

細い筆で白い線を描いていると
白い線にまぎれるが
それも助けにならない

子をいじめる父親
ズキンガラスが土をつついているのも
よそよそしい
心は動かず
手がかりもない

閉館まぎわの棚に
鉛筆で書きこんだ手帳がたおれ
そよ風もこたえる馬が
ガラスに刷りこまれて白い血をめぐらせている

もう暇はないのに
まだうろついている
幼稚園の床に寝かせてもらうと
朝方　乳くさい匂いがもやもやと立つ

夜の広場

落ちている硬貨を見つけ
ポケットにねじこむと
食堂で食べ残しのお皿を待っていたあの女に重なる
警官がアコーディオン弾きに
姿を消せと言っている

ロムの歌い手は眼もやらず
侮辱も受けない

そんな眼は三つ子の時にえぐり捨てた
どこにいようと　どうなろうといい
蜘蛛の巣だらけの濁りの帯を揺すって
埃を撒き散らす

そばの柵に寄りかかって
狂った人もふっと頭を休めている

列車で

線路の脇に白い花が
いや　紙屑
小屋で踊っていた男は
亡霊の気配で降りていったが
川は流れて地上のものだろうか

ほら牛が
あゝ耕やしているね

キャベツよあんなに
心で交される僅かなこと

老夫婦のか細い声も溶かして
どこをさまよえば　と思ううちに
やり直せなくなって
向こうから
暗闇かひかりか
すがることもできないものに囲まれる

長い橋

瓦礫の広がる墓地で
警官が棒をもってなにか探している
長い橋を渡っていくと
対岸の男たちがドラム罐に火を焚いて
口に出さず
壁に頭をぶちつけず
太い息を吐き　しずかに身をふるわせている

たがいに争うように煽りたてられた隣人
人はどんなやり方をしても救われないが
わたしたちにそれが必要なのだろう
なにを浴びても
外にものごとはないという度量で
川は外を流れている

ロムの紙　詩の紙

草の上でロムの子が犬を撫で
赤ん坊を抱く子もいる
盗みも覚えさせ
花模様のスカートを揺すって歩きまわる母親
カフェにいると
お金をください　と書いた紙が

わたしの紙に重ねて置かれる
金属の杖をかざしたジプシー・キング
街のロムの王女というひとにも会った
王と言い王女と言い合って笑う
生がどういうことか分らないまま
詩の紙はロムの笑いの隙間に弱火のように

窪み

赤い服を着せられて
幼い娼婦が立つ
空き家や修復中で
ホテルが見つからず
安いですよ　とものやわらかく教えられたところに入った
崩れた壁が網で覆われ
ごきぶりも死んでいる

重い扉に閉ざされ
なん人も寝て荒《すさ》んだこの世の窪みで
目覚めよ　死の眠りから
と歌う国歌
引越しの暑い日
くみあげるように机を背おって上がってきてくれたのが
この国の人だったのを思う

秋

人はうつになるのでなく
うつに生まれます
夜番の人がつぶやくと
息が混ざってわたしの声も出にくくなる

ラシナリに行ってきました　と言い
ひえびえと流れる水

隠れた里にのぼる一片の煙を思っていると
その人もじぶんが居るかどうかを忘れ
踵を返すように眼をやっている

物音は絶え
樹は上の方によく切れる眼が光り
山裾で羊が錯乱し
向き向きに脚のありかを見せていた

路上

あっと人が集まり拍手が崩れ
店の人はそちらに気を使って小声になる
そんなことをしていて
カーテンも神経がしずまらない
泥のような野菜スープを啜って
外に出ると
壊し
また築く人の虚構をよそに

霧が洩れでている
霧が事物を抜けてきたのを知っている
伏して霧に沈みこめば
ここが果てになる
そのとき　未知にふれるかもしれないが
今
湧いてくる歩行
わたしの中でなにか変化するのが感じられるまで

著作一覧

『空の時間』蜘蛛出版社、一九六九年
『ピサ通り』青土社、一九七六年
『悲鳴』紫陽社、一九八二年
『サーカスの夜』青土社、一九八四年
『朝のカフェ』青土社、一九八六年
『空中楼閣　夢のノート』書肆山田、一九九一年
『球状の種子』思潮社、一九九三年
現代詩文庫『川田絢音詩集』思潮社、一九九四年
『泥土』アリス舎、二〇〇〇年
『雲南』思潮社、二〇〇三年
『それは　消える字』ミッドナイト・プレス、二〇〇七年
『流木の人』ミッドナイト・プレス、二〇〇九年
『ぼうふらに摑まって』ミッドナイト・プレス、二〇一二年

雁《がん》の世《よ》

著者
川田《かわた》絢音《あやね》
発行者
小田久郎
発行所
株式会社思潮社
〒一六二―〇八四二　東京都新宿区市谷砂土原町三―十五
電話〇三（三二六七）八一五三（営業）・八一四一（編集）
ＦＡＸ〇三（三二六七）八一四二
印刷
創栄図書印刷株式会社
製本
誠製本株式会社
発行日
二〇一五年五月三十一日